Écrivains | numéro 13

RABELAIS
LE PÈRE DE GARGANTUA
ET DE PANTAGRUEL

— « Mieulx est de ris que de larmes escripre,
Pour ce que rire est le propre de l'homme. »

par Marie Piette

50MINUTES

Avec la collaboration d'Anne-Sophie Close

FRANÇOIS RABELAIS 5

CONTEXTE 7

L'humanisme ou l'heure des remises en question

La France sous François Iᵉʳ

BIOGRAPHIE 11

Une jeunesse méconnue

Un moine aux idées humanistes

Les études de médecine

Vie littéraire et condamnations

Les derniers livres

CARACTÉRISTIQUES 16

Aperçu de l'œuvre

Héritage et influences

L'écriture rabelaisienne

SÉLECTION D'ŒUVRES 23

Pantagruel

Gargantua

Le Tiers Livre

FRANÇOIS RABELAIS, UNE SOURCE D'INSPIRATION 34

EN RÉSUMÉ 37

POUR ALLER PLUS LOIN 38

FRANÇOIS RABELAIS

- **Nom ?** François Rabelais ou Alcofrybas Nasier (pseudonyme).
- **Naissance ?** Né en 1483 ou en 1494 selon les sources, en Touraine.
- **Mort ?** Décédé en 1553 à Paris.
- **Contexte ?** La Renaissance et le courant humaniste, basé sur la redécouverte des auteurs gréco-romains et qui met l'être humain au centre de ses préoccupations.
- **Œuvres majeures ?**
  - *Les Horribles et Épouvantables Faits et Prouesses du très renommé Pantagruel* (1532)
  - *La Vie inestimable du grand Gargantua* (1534 ou 1535)
  - *Le Tiers Livre des faits et dits héroïques du bon Pantagruel* (1546)
  - *Le Quart Livre des faits et dits héroïques du bon Pantagruel* (1552)
  - *Le Cinquième et Dernier Livre des faits et dits héroïques du bon Pantagruel* (œuvre posthume publiée en 1564 et qui pose des problèmes d'authenticité)

Écrivain humaniste de la Renaissance française, François Rabelais est aujourd'hui devenu un véritable mythe. Les personnages de ses romans, et plus particulièrement Pantagruel, Gargantua et Panurge, font partie intégrante de notre paysage culturel. De même, « guerre picrocholine », « moutons de Panurge », « abbaye de Thélème », « Dive Bouteille », « pantagruélique » et « quintessence » sont autant d'expressions célèbres directement issues de son œuvre.

Depuis le XVIᵉ siècle, Rabelais est l'objet de plusieurs légendes qui le dépeignent comme un buveur invétéré, un incorrigible amateur de bonne chère et un érudit grossier au rire paillard. Même si cette image est sans doute exagérée, l'auteur de *Gargantua* et de *Pantagruel* fait incontestablement la promotion d'un mode de vie porté sur l'épicurisme et n'hésite pas à émailler ses romans de détails obscènes qui provoquent l'hilarité de tous les lecteurs, ceux d'hier comme ceux d'aujourd'hui. Auteur comique, il place en effet son œuvre sous le signe du rire, auquel il attribue même un certain pouvoir de guérison. D'ailleurs, c'est en tant que médecin qu'il prend la plume, dans un but thérapeutique.

Mais son œuvre ne se réduit pas à sa verve comique, loin de là. Rabelais diffuse également, à travers ses écrits, les idées nouvelles de son siècle, invitant ses lecteurs à rechercher la « substantifique moelle » de la connaissance et exposant longuement ses conceptions humanistes, par exemple au sujet de l'éducation ou de la guerre. Enfin, comment parler de Rabelais sans évoquer la liberté avec laquelle il manie la langue française, la richesse de son vocabulaire, son formidable don pour les jeux de mots et son goût pour le grossissement ? Toutes ces particularités contribuent sans aucun doute à faire de son œuvre l'un des plus grands monuments de la littérature en moyen français.

L'HUMANISME OU L'HEURE DES REMISES EN QUESTION

Au moment où Rabelais commence à écrire, la Renaissance et le courant humaniste, nés en Italie au XIVᵉ siècle, viennent de s'exporter en France. Les Français, éprouvés suite à la guerre de Cent Ans (1337-1453) qui les a opposés aux Anglais et en raison de plusieurs épidémies de peste, s'inspirent alors des Italiens, qui ont plus d'un siècle d'avance sur eux. Ils sont subjugués par le raffinement de l'Italie, qui représente à leurs yeux le modèle par excellence de la suprématie culturelle, de l'avancement scientifique et de la réussite économique.

L'humanisme est avant tout un courant intellectuel qui opère un retour à l'Antiquité, à travers l'étude des manuscrits originaux des auteurs grecs et latins, débarrassés des gloses dont ils ont fait l'objet durant le Moyen Âge. Pour ce faire, les humanistes étudient les langues anciennes, comme le latin, le grec, l'hébreu, l'arabe ou le chaldéen. Leur ambition de retourner à la pureté originelle des écrits touche également les textes sacrés, malgré les réticences de l'Église, qui craint de perdre son autorité en tant que médiatrice entre les Écritures et les fidèles. Ainsi, la première moitié du XVIᵉ siècle voit apparaître plusieurs traductions de la Bible en langue vernaculaire à partir des textes-sources. L'évangélisme, un mouvement prônant une relation individuelle avec Dieu, voit alors le jour. Aussi critique-t-on les excès de l'Église, qu'on juge trop éloignée du message d'origine des saintes Écritures, et dénonce-t-on la corruption de certains ordres monastiques. En 1517, un moine allemand, Martin Luther (1483-1546), pointe publiquement du doigt le commerce des indulgences. La Réforme est lancée. Elle gagne surtout le Nord-Ouest et le Nord de l'Europe, créant d'importantes tensions en Allemagne, dans les Pays-Bas espagnols et en France.

Le renouvellement de la connaissance amène également les humanistes à remettre en question les dogmes, qu'ils soumettent à l'épreuve de l'expérimentation : entre autres exemples, Léonard de Vinci (1452-1519) réalise des dissections pour étudier le corps humain et Nicolas Copernic (1473-1543) prouve que la Terre n'est pas le centre de l'univers puisqu'elle tourne autour du Soleil. Idéalistes et optimistes, ils font preuve d'une nouvelle confiance en l'homme, en ses capacités intellectuelles et en sa bonté. L'humaniste hollandais Érasme (1469-1536), notamment, affirme que l'être humain ne peut être mauvais par nature, mais que l'éducation qu'il reçoit, si elle n'est pas adaptée, peut le pousser à mal agir. Il insiste donc sur la nécessité d'instaurer un système éducatif basé sur l'exercice de la raison et sur le développement de l'esprit critique, et non sur l'accumulation de savoirs inutiles et désuets, afin de former des hommes libres, responsables et capables d'exploiter leurs capacités de jugement. « On ne naît pas homme, on le devient », dit-il dans une formule restée célèbre. À sa suite, nombreux sont les humanistes, dont Rabelais, à s'intéresser à la question de l'éducation.

PROTESTANTISME OU ÉVANGÉLISME ?

Protestants et évangélistes ont en commun de critiquer l'Église, de dénoncer ses abus et de manifester le désir de revenir aux sources du christianisme. Mais contrairement aux acteurs de la Réforme, les évangélistes ne se séparent pas de l'Église catholique : ils souhaitent simplement lui donner un souffle nouveau. Par ailleurs, ils ne partagent pas non plus le pessimisme des protestants qui pensent que l'homme tend naturellement vers le péché et que le Salut est une question de prédestination et non de mérite personnel.

LA FRANCE SOUS FRANÇOIS Ier

La France dans laquelle vit Rabelais est gouvernée par François Ier (1494-1547). Ce monarque autoritaire qui œuvre sans relâche pour la centralisation et l'unification de son royaume est en rivalité constante avec Charles Quint (1500-1558). En 1519, lorsque les deux souverains se portent candidats pour l'élection impériale, c'est Charles Quint, déjà roi d'Espagne, prince des Pays-Bas et roi de Sicile, qui est élu empereur du Saint Empire romain germanique, ce qui provoque l'encerclement et l'étouffement de la France. Malgré sa victoire à Marignan en 1515, qui lui permet de conquérir le Milanais, François Ier ne parvient pas à élargir le territoire français : en 1525, il est fait prisonnier après sa défaite à Pavie contre les troupes de Charles Quint. Mais il parvient tout de même à préserver son royaume de la soif de conquête de son rival.

LES GUERRES D'ITALIE

Les prétentions des Français sur certains territoires italiens ne datent pas de François Ier. Entre 1494 et 1559, les souverains français cherchent à faire valoir ce qu'ils estiment être leurs droits héréditaires sur le royaume de Naples, puis sur le duché de Milan, à une époque où l'Italie se trouve fragmentée en de nombreuses entités politiques distinctes et constamment en conflit entre elles. Riches et prospères, ces États sont également convoités par d'autres puissants tels que Charles Quint, ce qui donne aux guerres d'Italie une dimension européenne. Notons par ailleurs que ce sont ces campagnes qui expliquent, en partie du moins, l'exportation de la Renaissance et de l'humanisme en France.

Roi-mécène, François Ier manifeste de la sympathie pour les idées nouvelles de la Renaissance, et protège volontiers les écrivains et les artistes de son époque. En 1526, il défend notamment le poète Clément Marot (1496-1544) lorsque celui-ci est emprisonné pour avoir mangé du lard pendant le Carême. C'est également un grand roi bâtisseur : il fait réaménager ou construire des châteaux comme ceux de Blois, de Chambord ou de Fontainebleau. Et, surtout, il fonde, en 1530, le Collège des lecteurs royaux, une institution humaniste dans laquelle on enseigne les langues anciennes, puis instaure, en 1537, le dépôt légal à la Bibliothèque royale. Enfin, même si le latin reste la langue prédominante pour les relations internationales, c'est également sous le règne de François Ier que le français s'impose peu à peu. L'ordonnance de Villers-Cotterêts, édictée en 1539, impose en effet l'usage de la langue vernaculaire dans l'administration, afin de rendre les procédures de justice plus accessibles à la population.

Sur le plan religieux, enfin, François Ier, roi catholique mais ouvert, se montre d'abord relativement tolérant envers les protestants. Il semble être influencé par sa sœur, Marguerite de Navarre (1492-1549), qui partage les idées des évangélistes. Mais son attitude change suite à l'affaire des Placards : des tracts anticatholiques et injurieux sont placardés clandestinement dans la nuit du 17 au 18 octobre 1534, dans plusieurs villes de France, dont Paris, et jusque sur la porte de la chambre du roi au château d'Ambroise. Le monarque se radicalise alors et réprime sévèrement les réformés.

LE FRANÇAIS DANS LES LETTRES

C'est essentiellement grâce aux écrivains de La Pléiade, un groupe de sept poètes français dont font partie Joachim Du Bellay (1522-1560) et Pierre de Ronsard (1524-1585), que le français devient langue littéraire. La célèbre *Défense et Illustration de la langue française* (1549), écrite par Du Bellay, se livre, comme son titre l'indique, à une véritable promotion du français, affirmant qu'il est capable de rivaliser avec le latin, voire de le supplanter. Mais pour cela, il faut l'enrichir. Nombreux sont les écrivains humanistes qui participent alors à cette tâche, dont François Rabelais et Clément Marot, avec des œuvres parsemées de néologismes, d'archaïsmes, d'emprunts, de termes spécialisés ou encore de figures de style. De plus en plus de savants, comme le célèbre chirurgien Ambroise Paré (vers 1509-1590), font aussi le choix de rédiger leurs ouvrages en français. Enfin, les langues vernaculaires s'introduisent également, comme on l'a vu, dans le culte et dans les Écritures, même si l'Église reste profondément attachée au latin.

BIOGRAPHIE

UNE JEUNESSE MÉCONNUE

On ne sait que très peu de choses avec certitude en ce qui concerne la jeunesse de François Rabelais. On suppose généralement qu'il est né en 1483. C'est, du moins, ce que laisse croire une épitaphe de l'église Saint-Paul à Paris. Mais certains spécialistes avancent plutôt la date de 1494. Son lieu de naissance est tout aussi incertain : il voit sans doute le jour en Touraine, à Chinon ou à Seuilly, à *La Devinière*, la propriété de son père, Antoine Rabelais, qui est avocat. François Rabelais est issu d'un milieu bourgeois aisé et se distingue en cela des écrivains de la Pléiade qui proviennent plutôt de l'aristocratie.

Durant ses jeunes années, Rabelais suit probablement l'enseignement traditionnel du Moyen Âge, le *cursus studiorum*. Il apprend très certainement la grammaire, la rhétorique et la dialectique, soit les trois matières du *trivium*, avant d'aborder le *quadrivium*, c'est-à-dire l'étude de l'arithmétique, de la géométrie, de la musique et de l'astronomie. Ce type d'enseignement s'appuie surtout sur la mémoire de l'élève et n'accorde que peu d'importance au développement des capacités de réflexion.

La Devinière, maison dans laquelle Rabelais serait né et aurait passé son enfance. Elle est aujourd'hui devenue le musée Rabelais.

UN MOINE AUX IDÉES HUMANISTES

La première date fiable concernant Rabelais remonte à 1521 : il est alors moine à Fontenay-le-Comte, en Vendée, dans l'ordre francis- cain. On sait qu'il est à cette époque en contact avec André Tiraqueau (1480-1558), un juriste qui s'intéresse notamment à la question du mariage et défend les droits des femmes. Il étudie avec ardeur le latin ainsi que le grec, et il se lie d'amitié avec frère Amy (ou Lamy), qui partage son intérêt pour les langues anciennes. Tous deux cor- respondent avec le célèbre philologue Guillaume Budé (1467-1540).

En 1523, la Sorbonne, qui est à la fois la faculté de théologie de Paris et une sorte de tribunal ecclésiastique, tente d'interdire l'étude du grec, parce que la connaissance de cette langue rend possible une interprétation libre du Nouveau Testament : les livres de Rabelais et d'Amy sont confisqués pour un temps. L'écrivain décide alors de quitter l'ordre franciscain et obtient l'autorisation du pape de rejoindre celui des bénédictins, réputé plus ouvert à la recherche intellectuelle. Il est envoyé à l'abbaye de Saint-Pierre de Maillezais, où il bénéficie de la protection de l'évêque Geoffroy d'Estissac (mort en 1542), un prélat humaniste qui l'engage comme secrétaire.

LES ÉTUDES DE MÉDECINE

Pour des raisons qui demeurent encore inconnues, Rabelais quitte Maillezais et abandonne son habit de moine en 1528. Il rejoint sans doute Paris, où il entretient une liaison avec une veuve qui lui donne deux enfants, François et Junie, légitimés par le pape en 1540. On pense également qu'il commence des études de médecine : en 1530, il figure en tout cas sur le registre des étudiants de la faculté de médecine de Montpellier, où il est reçu bachelier le 1er novembre de la même année.

Sa très bonne réputation lui permet, en 1532, d'obtenir un poste de médecin à l'hôtel-Dieu de Lyon. La cité lyonnaise est, à cette époque, un centre culturel et commercial important. Très ouverte aux idées nouvelles et à l'influence italienne, elle est moins soumise que Paris à l'autorité de la Sorbonne. Rabelais y fréquente donc des humanistes, qui sont pour la plupart également évangélistes. Il correspond notamment avec Budé et Érasme, et entretient des contacts avec l'imprimeur Étienne Dolet (1509-1546), un fervent défenseur de la libre pensée.

VIE LITTÉRAIRE ET CONDAMNATIONS

L'année 1532 est également celle de la publication de *Pantagruel* à Lyon. Rabelais y prend la plume en qualité d'humaniste et de médecin : son ambition est d'utiliser le rire pour faire passer les idées nouvelles de son siècle, mais aussi pour guérir ses patients de leurs maux. Le livre rencontre un franc succès, mais il est condamné pour obscénité par la Sorbonne.

En 1533, Rabelais quitte Lyon pour accompagner à Rome Jean Du Bellay (1492/1498-1560), évêque de Paris et futur cardinal, dont il est le médecin particulier et le secrétaire. Le prélat est chargé d'effectuer une mission diplomatique auprès du pape. Durant son séjour romain, l'écrivain étudie la topographie de la cité antique ainsi que la botanique. À son retour à Lyon, il publie la première édition de *Gargantua* (1534 ou 1535), avant d'accompagner à nouveau son protecteur en Italie. En chemin, il fait notamment étape à Ferrare, où la duchesse Renée de France (1510-1575) porte secours aux exilés français, comme Clément Marot. Puis, toujours coupable du crime d'apostasie, c'est-à-dire de renonciation à ses vœux, Rabelais tente de régulariser sa situation et obtient l'absolution du pape, qui l'autorise à réintégrer un monastère bénédictin et à exercer la médecine, à condition qu'il n'effectue pas d'interventions chirurgicales. C'est ainsi qu'il rejoint, en 1536, l'abbaye de Saint-Maur-des-Fossés, dont Jean Du Bellay est l'abbé, sans pour autant s'y fixer.

En 1537, après avoir décroché le grade de docteur en médecine à Montpellier, Rabelais enseigne l'art médical à Lyon où il effectue des démonstrations d'anatomie, réalisant notamment une dissection en public du corps d'un condamné. En 1542, il publie les éditions remaniées et définitives de *Pantagruel* et de *Gargantua*. En effet, suite à la radicalisation de François Ier en matière religieuse, il semble décider, par prudence, d'épurer ses œuvres de leurs railleries les plus explicites contre les théologiens. Mais cela n'empêche pas la Sorbonne de condamner à nouveau ses romans l'année suivante.

LES DERNIERS LIVRES

En 1545, Rabelais obtient un privilège royal pour imprimer *Le Tiers Livre des faits et dits héroïques du bon Pantagruel*. Ce roman qui, contrairement aux deux premiers, est publié sous le patronyme de l'auteur, paraît en 1546 et connaît plusieurs éditions successives. Mais malgré toutes les précautions prises par l'écrivain pour atténuer son côté irrévérencieux, il est à nouveau très mal perçu par la faculté de théologie. Rabelais s'exile donc un moment à Metz, sans doute pour fuir les éventuelles poursuites susceptibles d'être engagées contre lui. Cependant, il ne cesse pas d'écrire et, en 1547, alors qu'il est en route pour son dernier voyage à Rome avec Jean Du Bellay, il remet à son éditeur onze chapitres du *Quart Livre*. Celui-ci est publié dans son intégralité en 1552 et est, comme ses précédentes œuvres, immédiatement censuré par la Sorbonne.

LE PRIVILÈGE : VERS UNE RECONNAISSANCE DE LA PROPRIÉTÉ LITTÉRAIRE

Le privilège consiste en une « délivrance par l'autorité royale ou ses délégations d'une concession d'exclusivité pour une durée donnée, à un libraire, à un libraire-imprimeur ou à un auteur pour la fabrication et la commercialisation d'un livre » (CRESCENZO (Richard), *Histoire de la littérature française du XVIe siècle*, Paris, Honoré Champion, 2001, p. 40). Il permet de lutter contre la pratique de la contrefaçon, très fréquente à l'époque, car il prévoit des représailles contre les éventuels faussaires. Le privilège peut être considéré comme la première forme de reconnaissance de la propriété littéraire.

Rabelais s'éteint probablement en 1553 à Paris. Après son décès, un dernier roman paraît sous son nom : il s'agit du *Cinquième Livre*. Seize chapitres sont d'abord publiés en 1562 sous le titre de *L'Isle Sonnante*, puis l'ouvrage est édité dans son intégralité en 1564. On ne peut affirmer avec certitude que cette œuvre a bien été écrite par Rabelais, mais il est vraisemblable qu'une partie au moins du récit provienne de lui.

CARACTÉRISTIQUES

APERÇU DE L'ŒUVRE

François Rabelais est surtout connu pour être le père de Gargantua et de Pantagruel, dont il raconte les aventures à travers cinq célèbres romans : *Pantagruel*, *Gargantua*, *Le Tiers Livre*, *Le Quart Livre* et *Le Cinquième Livre*. Chacune de ces œuvres a sa propre autonomie, mais elles forment également un cycle au regard duquel elles gagnent à être étudiées. Il est intéressant de constater que dans *Le Tiers Livre*, par exemple, Rabelais reprend le récit à l'endroit même où il l'a laissé à la fin de *Pantagruel*. Notons aussi que le cycle peut lui-même être divisé en deux grandes parties qui, n'ayant pas le même contexte de publication, diffèrent fortement. En effet, entre la parution des deux premiers livres et celle des trois derniers, une douzaine d'années se sont écoulées : pendant ce temps, les antagonismes religieux se sont exacerbés et la guerre a pris le pas sur les rêves de concorde. Les trois derniers récits sont plus mesurés dans leurs critiques, perdent en optimisme et sont imprégnés d'une atmosphère plus tendue.

Cependant, Rabelais ne publie pas que des romans : en véritable humaniste, il fait également paraître des travaux d'érudition, dont une traduction latine commentée (1532) des *Aphorismes* d'Hippocrate (460-377 av. J.-C.) et un texte juridique, *Le Testament de Cuspidius* (1532). Il réédite aussi des travaux d'Italiens érudits qui lui sont contemporains dont, en 1532, les *Épistres médicinales* du médecin Giovanni Manardi (1462-1536) et, en 1534, la *Topographia Antiquae Romae* de Bartoloméo Marliani (1488-1566). Enfin, il publie, en 1533, la *Pantagruéline Prognostication*, une œuvre astrologique relevant de la littérature de colportage. Au XVIᵉ siècle, en effet, l'astrologie est considérée comme une science et les humanistes pensent que les astres exercent une influence sur le monde terrestre. Mais des charlatans abusent de la crédulité populaire en diffusant des pronostications dans lesquelles ils prétendent prédire l'avenir : Rabelais les tourne en dérision en effectuant, sur un ton solennel, une parodie de pronostication qui ne prévoit que des évidences.

Pantagrueline

Prognosticatiõ certaine veritable ⁊ isa
lible pour lã mil. D. xxxiii. Mouuellemẽt
cõpose au prouffit ⁊ aduisement de gens
estourdis ⁊musars de nature p maistre Al
cofribas architriclin dudict Pãtagruel.

⁋ De nõbre dor nõ drie nẽ trouue poinct
ceste annee quelã calculatiõ q̃ lẽ aye faict:
passõs oultre: q̃ ⁊ n a si sen defface en mors
qui nen a si en cherche. Uerte folium.

RABELAIS (François), *Pantagrueline Pronostication*, page de couverture Lyon, édition de François Juste, 1533 (image retouchée).

HÉRITAGE ET INFLUENCES

Rabelais compose ses romans à partir de sources très diverses. Ainsi, le personnage de Gargantua existe déjà dans le folklore de la fin du Moyen Âge, avec la stature impressionnante, la bonhomie et la gloutonnerie qui le caractérisent. De même, le nom de Pantagruel, qui est un génie de la soif, est tiré d'un mystère médiéval (forme de théâtre religieux qui met en scène des vies de saints ou des épisodes bibliques comme la Passion du Christ) : dans cette pièce, un petit diablotin qu'on appelle Penthagruel vient jeter du sel dans la bouche des ivrognes pendant la nuit afin qu'ils n'arrêtent jamais de boire.

Aussi Rabelais reprend-il plusieurs épisodes des *Grandes et Inestimables Chroniques du grand et énorme géant Gargantua*, un ouvrage à succès publié anonymement lors des foires lyonnaises de 1532, tout en leur donnant une saveur et une ampleur nouvelles. Ainsi, entre autres exemples, dans *Pantagruel*, il se réapproprie la noyade des ennemis dans des flots d'urine (*Pantagruel*, chapitre 28) et, dans *Gargantua*, il reprend l'enlèvement des cloches de Notre-Dame par le géant à Paris (*Gargantua*, chapitre 17). Quant à la relation qu'entretiennent Pantagruel et Panurge, elle semble inspirée d'épopées héroïcomiques italiennes comme le *Morgante Maggiore* (1481) de Luigi Pulci (1432-1484) et les *Macaronées* (1517) de Teofilo Folengo (1491-1544).

L'écrivain puise également dans les sotties et les farces du Moyen Âge, auxquelles il emprunte notamment des situations comiques, une forme de langage parlé qui donne à sa prose une dimension théâtrale, ainsi qu'une atmosphère festive et carnavalesque. Enfin, la structure de ses récits semble, pour sa part, être calquée sur celle des romans de chevalerie : l'auteur nous livre tout d'abord la généalogie du héros, puis raconte sa naissance, son enfance et ses apprentissages, avant d'en venir à ses prouesses au combat. Ainsi, bien que Rabelais y développe des idées pleinement humanistes, ses œuvres sont fortement imprégnées de l'héritage médiéval. Cela montre bien qu'en réalité, il n'y a pas de rupture totale entre le Moyen Âge et la Renaissance, contrairement à ce que certains avancent.

L'ÉCRITURE RABELAISIENNE

Quand on lit les romans rabelaisiens, on est immédiatement frappé, voire dérouté, par la richesse de leur vocabulaire. En effet, Rabelais, dont l'érudition est grande, utilise dans ses récits de nombreux termes issus du droit, de la médecine, de la scolastique, de la liturgie, de la gastronomie, des dialectes ou encore des langues étrangères (mortes ou vivantes). Et lorsque le contenu des dictionnaires ne le satisfait pas, il propose des néologismes (« anicroche », « agélaste », « quintessence », etc.), faisant ainsi preuve d'une étonnante créativité verbale. En grand virtuose de la langue, il aime également beaucoup jouer avec les mots, qu'il se plaît à utiliser dans des contextes qui leur sont étrangers, ainsi qu'avec leur valeur sonore : il jongle savamment avec les rimes, les allitérations, les calembours, les contrepèteries et les doubles sens (« [I]l n'y avoit qu'un antistrophe entre *femme folle à* a messe* et *femme molle à la fesse* », RABELAIS (François), *Pantagruel*, Paris, Gallimard, 1964, p. 433). Enfin, notons encore qu'il prend aussi plaisir à utiliser des jurons et des termes obscènes, scatologiques ou à connotation sexuelle (« torcher le cul », « fiantoit, pissoyt, rendoyt sa gorge, rottoyt », « beste à deux douz », « jouer du serrecropiere », « rataconniculer », etc.), qui suscitent le rire malgré (ou grâce à) leur caractère potentiellement choquant.

À côté de ses jeux avec la langue, Rabelais manifeste en outre un goût prononcé pour le grossissement et les exagérations bouffonnes, comme en témoignent, entre autres, ses énumérations de longueur exceptionnelle (généalogie de ses héros, liste des 217 jeux de Gargantua, etc.). Celle-ci tirent leur force comique de leur absurdité : le lecteur s'y perd. Par ailleurs, l'attrait de Rabelais pour le grossissement se manifeste de manière évidente à travers la taille de ses personnages principaux, qui ne sont autres que des géants, une particularité qui engendre de nombreux passages comiques. Ainsi, par exemple, il est dit que pour allaiter Gargantua, on fit venir « dix et sept mille neuf cens vaches [...], [c]ar de trouver nourrice convenente n'estoyt possible en tout le pais, considéré la grande quantité de laict requis » (RABELAIS (François), *Gargantua*, Paris, Pocket, 1992, p. 80).

Toutefois, que l'on ne s'y trompe pas : les géants ne sont pas uniquement source de rire. En tant que miroirs grossissants de l'humanité, ils permettent également à l'auteur de critiquer la société de son époque (la Sorbonne, le monde scolastique, la politique expansionniste des puissants, le clergé ou encore, entre autres, la superstition du peuple). Une fois adultes et matures, ils se présentent comme des héros civilisateurs, comme des figures idéales de l'homme nouveau de la Renaissance. De manière générale, le rire, chez Rabelais, est donc exploité dans une visée humaniste. En somme, le procédé employé par l'auteur est le même que celui qui est utilisé par les humoristes et les caricaturistes aujourd'hui. Derrière le rire, il y a du sens : selon les propres termes de l'auteur, il s'agit de « rompre l'os et sugcer la substantificque mouelle [...] avecques espoir certain d'estre faictz escors et preux à ladicte lecture » *(Ibid.,* p. 38).

Enfin, ajoutons encore que l'on distingue, chez Rabelais, une grande variété de tons et de styles, ce qui donne un caractère composite à son œuvre. Le style classique cicéronien alterne avec le style épique, le style savant, les descriptions pittoresques ou encore les dialogues burlesques. Cette dimension protéiforme est sans aucun doute due à la diversité des sources utilisées par l'auteur.

SÉLECTION D'ŒUVRES

PANTAGRUEL

Premier roman du cycle rabelaisien, *Pantagruel* paraît à Lyon en 1532. Son succès est immédiat, si bien qu'il semble connaître huit rééditions entre 1533 et 1534, ainsi que des contrefaçons. Il est publié sous le pseudonyme d'Alcofrybas Nasier, mais Rabelais ne semble pas prendre de réelles précautions pour cacher son identité : ce nom d'emprunt est en effet une anagramme sous laquelle se cache, de manière assez visible, le vrai nom de l'auteur. De plus, les allusions qu'il fait dans son texte permettent de remonter assez facilement jusqu'à lui.

DORÉ (Gustave), *L'Enfance de Pantagruel*, illustration du chapitre 4 de *Pantagruel*, Paris, Éditions Garnier Frères, 1873.

Le récit commence avec la naissance de Pantagruel, fils de Gargantua et de Badebec, qui meurt suite à l'accouchement. Une fois en âge d'étudier, le jeune géant fait le tour des universités de France, dont le programme d'éducation est présenté comme stérile, et il reçoit de son père une lettre qui l'encourage à se porter vers un enseignement humaniste. Au cours d'une promenade, il rencontre Panurge, un personnage rusé et ingénieux dont il devient l'ami. Plus tard, lorsqu'il est averti que les Dipsodes ont envahi le pays de son père, il prend les armes : il défait ses ennemis en inondant leur camp sous un déluge urinal et vainc le géant Loup Garou au cours d'un duel, avant de coloniser à son tour le pays des Dipsodes.

Comme son père, Gargantua, et son grand-père, Grandgousier, Pantagruel est un géant qui possède une incroyable force physique et un roi qui se montre généreux envers ses sujets, bienveillant et capable d'empathie. Intelligent et sage, il répugne à faire la guerre et ne prend les armes que pour se défendre, lorsque cela est nécessaire. Il aime également s'octroyer du bon temps pour boire, manger et profiter des plaisirs de la vie. Il représente l'idéal de sagesse que Rabelais suggère à ses lecteurs de suivre, le pantagruélisme, qui est relativement proche de l'épicurisme : il s'agit de « vivre en paix, joye, santé, faisans tousjours grande chère » (*Pantagruel, op. cit.*, p. 433).

Le personnage de Panurge a également une grande importance, puisqu'il apparaîtra dans tous les romans du cycle, à l'exception de *Gargantua* (pour une question de chronologie). Panurge est la ruse personnifiée. N'ayant ni famille, ni profession, il vit d'activités relativement malhonnêtes : « il avoit soixante et troys manières d'en [argent] trouver tousjours à son besoing, dont la plus honorable et la plus commune estoit par façon de larrecin furtivement faict » (*Ibid.*, p. 227). Rebelle, moqueur, bavard, malicieux et capable de tout, il se montre également incroyablement ingénieux à la guerre, où il est d'une grande utilité à Pantagruel, qui éprouve pour lui une profonde affection. Il joue, en quelque sorte, le rôle du fou du roi, qui peut se permettre tous les tours.

Il est clair que Rabelais cherche à faire rire ses lecteurs, et le
personnage de Panurge contribue sans aucun doute à la force
comique de son roman. Mais en humaniste convaincu, il entend
aussi faire passer des idées et encourager la réflexion. C'est ainsi
que dans *Pantagruel*, il aborde, entre autres, la question de l'éducation. Il commence par énumérer les livres de la bibliothèque de
Saint-Victor, à Paris, qui représentent un savoir démodé que les
humanistes rejettent en bloc, ainsi qu'une éducation médiévale
dégénérée, basée sur l'accumulation absurde de savoirs souvent
incompris. À travers cette liste de livres, qui comporte autant de
titres authentiques que de titres inventés et bouffons, Rabelais se
moque de théologiens réels en les citant comme auteurs d'ouvrages
stupides. Ensuite, avec la lettre de Gargantua à son fils, il fait la
promotion d'un type d'enseignement en accord avec les idéaux
humanistes et la pédagogie érasmienne.

Gargantua encourage en effet Pantagruel à apprendre les
langues anciennes, « premièrement la Grecque, [...], seconde-
ment, la Latine ; et puis l'Hébraïcque pour les sainctes lettres
et la Chaldaïcque et Arabicque pareillement » (*Ibid.*, p. 133). Il lui
demande également de poursuivre sa formation dans les arts
libéraux (géométrie, arithmétique, musique et astronomie) et de
connaître le droit civil tout en étant capable de l'appliquer avec
sagesse : « Du droit civil, je veulx que tu saiche par cueur les beaulx

textes, et me les confère avecques philosophie. » (*Ibid.*, p. 134) De même, une grande importance est accordée à la connaissance de la nature : alors qu'au Moyen Âge, les plantes, les animaux et les minéraux étaient considérés comme des symboles, à la Renaissance, ils deviennent des objets scientifiques. Aussi une nouvelle place est-elle accordée à l'expérimentation : plutôt que de se contenter d'apprendre via les livres, il faut expérimenter les choses. Enfin, Gargantua termine sa lettre en disant que « science sans conscience n'est que ruine de l'âme » (*Ibid.*, p. 137), manifestant ainsi son souci de donner également une formation morale et religieuse à son fils. Il lui conseille donc de « visiter les sainctes lettres, premièrement, en Grec, le Nouveau Testament, [...], et puis, en Hébrieu, le Vieulx Testament » (*Ibid.*, p. 135).

GARGANTUA

Il est difficile de donner une date précise de publication pour *Gargantua*, qui paraît sans doute entre 1534 et 1535. Il s'agit du deuxième livre du cycle des géants, mais non de la suite de *Pantagruel*, puisque ce sont les aventures du père du héros du premier roman qui sont ici racontées. Les deux récits suivent le même schéma et font la promotion du même art de vivre, mais la composition de *Gargantua* semble plus rigoureuse que celle de *Pantagruel*, avec une réflexion humaniste plus profonde.

DORÉ (Gustave), *Les Pèlerins mangés en salade*, illustration du chapitre 38 de *Gargantua*, Paris, Éditions Garnier Frères, 1873.

Le récit débute avec la naissance de Gargantua, le fils de Grandgousier et de Gargamelle. Le jeune héros vient au monde par l'oreille de sa mère, au cours d'un festin, après une grossesse de onze mois. Il est d'abord éduqué selon les méthodes du Moyen Âge, qui le rendent niais, puis son instruction est confiée à Ponocrates, dont l'enseignement est conforme aux idéaux humanistes et qui l'emmène à Paris. Mais lorsqu'une guerre éclate entre Grandgousier et Picrochole, un roi ambitieux et conquérant, le jeune géant est rappelé au pays. Picrochole a en effet envahi les terres de Grandgousier qui, après avoir tenté de rétablir la paix sans verser de sang, se voit obligé de se défendre. Durant cette guerre, un moine, frère Jean, devient l'ami de Gargantua et l'aide activement à défaire les armées picrocholines. Au terme du conflit, pour le récompenser, Gargantua fait bâtir l'abbaye de Thélème, qui fonctionne à l'inverse des règles monastiques traditionnelles.

Les chapitres consacrés à la guerre occupent presque la moitié de *Gargantua*, ce qui s'explique sans doute par la fréquence des conflits à l'époque de Rabelais. Celui-ci réfléchit, à travers son œuvre, à la justification qu'on peut leur donner, à la manière dont il faut traiter les ennemis ou encore à la conduite que doit adopter un monarque à la tête de ses armées, afin d'établir une philosophie de guerre qui soit en harmonie avec les idéaux humanistes. Dans *Gargantua*, Grandgousier apparaît comme l'exemple à suivre, ce qui confère au roman une visée didactique indiscutable. Il s'agit d'un roi pacifique et paternaliste, qui cherche autant que possible à éviter la guerre, en parlementant, et qui ne manque pas de consulter des conseillers qu'il choisit intelligemment. Honnête et généreux, il va jusqu'à libérer ses prisonniers en les couvrant de cadeaux, tout en récompensant ses propres troupes avec largesse. Il ne se bat que s'il est obligé de se défendre, mais jamais dans le but de conquérir : « Ma deli-beration n'est poinct de provocquer, mays de apayser ; d'assaillir, mais defendre ; de conquester, mays de guarder mes feaulx subjectz et terres hereditaires » (*Gargantua, op. cit.*, p. 240), dit-il à Gargantua avant de combattre Picrochole.

Quant à ce dernier, dont le nom signifie « bile amère », il s'agit d'un tyran dont les agissements sont à l'opposé de ce que devrait faire un bon roi. Déraisonnable, méprisant et impérialiste, il est guidé par de folles idées expansionnistes, ce qui l'associe sans doute à Charles Quint, dont, rappelons-le, la soif de conquête menace alors le royaume de France. Lorsque Picrochole décrète la mobilisation générale, le roman dit d'ailleurs qu'il « entra en courroux furieux, et sans plus oultre se interroguer quoy ne comment, feist cryer par son pays ban et arriere ban, et que un chascun, sur peine de la hart, convint en armes en la grand place devant le chasteau » (*Ibid.*, p. 216). Dans cet extrait, l'expression « plus oultre » n'est certainement pas choisie au hasard, puisqu'il s'agit de la devise de Charles Quint, qui signifie « toujours plus loin ».

Dans ce deuxième roman, Rabelais approfondit aussi sa réflexion sur l'éducation. Gargantua est le premier géant à être éduqué selon les méthodes humanistes. Il est confié, dans un premier temps, à Thubal Holoferne, qui applique le système d'éducation médiéval. Mais sous ce mode d'apprentissage qui manque cruellement de logique (les leçons doivent pouvoir être récitées à l'envers) et qui n'encourage pas le développement de capacités individuelles de jugement, il mène une existence paresseuse et pleine d'excès, méprise son hygiène corporelle et récite ses prières sans chercher à communier avec Dieu. Il finit par devenir « fou, niays, tout reveux et rassoté » (*Ibid.*, p. 136), ce qui pousse Grandgousier à le confier à Ponocrates, qui applique pour sa part le modèle éducatif humaniste. Sous la conduite de son nouveau précepteur, le jeune géant se métamorphose : il vit désormais au rythme de la nature et organise intelligemment son temps d'étude pour une meilleure productivité. Il apprend les langues anciennes, se penche sur les textes de l'Antiquité et analyse avec curiosité le monde qui l'entoure. Aussi cultive-t-il autant son corps que son esprit : il se lave avec soin et pratique l'athlétisme, l'équitation ou encore la natation. Enfin, il est encouragé à montrer sa reconnaissance envers Dieu en le priant avec ferveur.

Comme Pantagruel, Gargantua est l'ami fidèle d'un personnage excentrique, frère Jean, qui est à la fois un moine, un soldat et un bon vivant. Glouton, ignare, lubrique et festif, frère Jean, qui n'a rien à envier à Panurge, se livre à des plaisanteries et n'hésite pas à proférer des obscénités. Mais il est également courageux et rude au combat : il aide bravement Gargantua à vaincre Picrochole. C'est afin de le remercier que le fils de Grandgousier construit l'abbaye de Thélème, une utopie qui incarne le rêve humaniste. Il s'agit d'un monastère à l'envers où la seule règle à appliquer est la devise « Fais ce que voudras ». Rabelais pense en effet que si on laisse s'exprimer la nature profonde de l'être humain, qui est foncièrement bonne, et que si on procure aux hommes une éducation humaniste, il est possible d'évoluer vers une société idéale, sans contraintes ni conflits. L'abbaye de Thélème, qui a plus l'aspect d'un château de la Renaissance que d'un monastère médiéval, est aussi un lieu de liberté où le chrétien peut vivre intimement sa relation avec Dieu, sans être soumis à l'autorité de l'Église catholique.

LE TIERS LIVRE

Le Tiers Livre paraît une douzaine d'années après *Gargantua*, en 1546. Le long silence de Rabelais est sans doute dû au climat de répression qui règne en France à cette époque : ceux qui s'opposent à la Sorbonne sont en effet sévèrement punis, et par conséquent, les adeptes des idées nouvelles mesurent leurs actes et leurs paroles. Rabelais exprime donc ses opinions avec moins d'audace que précédemment, bien qu'il reste animé par le même esprit humaniste. Accompagné d'un privilège royal et dédicacé à Marguerite de Navarre, *Le Tiers Livre* est publié sous le patronyme de l'auteur.

Le récit, qui se présente comme une suite de *Pantagruel*, reprend là où le premier roman s'est arrêté en 1532, avec la conquête et la colonisation du pays de Dipsodie. Pantagruel donne la châtellenie de Samilgondin à Panurge qui, incapable de se modérer, dilapide ses richesses et fait l'éloge des dettes lorsqu'il se retrouve dans l'obligation de rendre des comptes sur ses dépenses. Panurge annonce ensuite qu'il désire se marier, mais il craint que son épouse lui soit infidèle. Il demande alors conseil à Pantagruel qui lui affirme qu'en matière d'union matrimoniale, il faut suivre sa propre volonté. Mais il ne parvient pas à prendre une décision par lui-même, ce qui conduit les deux amis à recourir à la divination et à décider, finalement, d'entreprendre un voyage afin de consulter l'oracle de la Dive Bouteille. Avant de partir, Pantagruel se décide aussi à prendre épouse, mais sans hésiter comme Panurge, car il se réfère à la volonté de son père. À la fin du récit, un navire est équipé pour le voyage.

Dans *Le Tiers Livre*, les personnages ne sont plus exactement les mêmes que ceux que l'on a connus dans *Pantagruel*. Panurge, qui était un joyeux luron, garde une certaine force comique, mais devient également inquiet et perplexe. Il cherche sa voie et c'est autour de lui à présent, que tourne le roman. Les grandes questions qui formeront le fil conducteur des trois derniers récits sont en effet les siennes : doit-il se marier, et ne risque-t-il pas de devenir cocu ? Pantagruel, de son côté, a également évolué et acquis de l'expérience. Fort de son éducation humaniste, il est devenu un souverain particulièrement juste et équilibré, et il incarne désormais la sagesse et la modération dans un monde mi-grotesque, mi-angoissant. Quant à son aspect gigantesque, il semble avoir été oublié.

Un autre changement important dans *Le Tiers Livre* réside dans l'absence de prouesses guerrières. Ce roman semble plutôt s'inscrire dans le cadre de la querelle des femmes, une controverse qui fait rage au XVIe siècle et qui porte sur le statut qu'il faut accorder à la femme dans la société. À travers les hésitations de Panurge, Rabelais s'intéresse en effet à la question du mariage, des femmes et du rôle de celles-ci, non sans faire preuve d'une certaine misogynie. Toutefois, là n'est pas le réel argument du *Tiers Livre*. Pantagruel accepte d'ailleurs sans hésiter de prendre épouse lorsque son père lui suggère de le faire. En réalité, au-delà de la question du mariage, qui fournit un dilemme intéressant, ce qui passionne réellement Rabelais, c'est le cas de l'homme qui ne parvient pas à prendre une décision ferme et irrévocable, à exercer sa propre volonté. Panurge ne pourra s'appuyer sur les oracles qu'il consultera pour faire son choix ; en revanche, le voyage qu'il décide d'effectuer pourra l'aider à évoluer et à se prendre en main.

FRANÇOIS RABELAIS, UNE SOURCE D'INSPIRATION

Lorsqu'il décède, en 1553, Rabelais laisse derrière lui une œuvre inachevée à laquelle *Le Cinquième Livre*, publié à titre posthume, vient donner une fin. Cet ultime roman, qui paraît dans son intégralité en 1564, pose cependant des problèmes d'authenticité : on ne sait pas dans quelle mesure Rabelais peut être considéré comme son auteur. A-t-on affaire à un pasticheur de talent qui aurait voulu donner un dénouement au cycle des géants ? A-t-on voulu profiter de la renommée de Rabelais en signant de son nom ? Ou l'auteur des quatre premiers livres a-t-il laissé derrière lui des brouillons et des documents de travail qui auraient ensuite été repris et arrangés par des éditeurs ? C'est cette dernière hypothèse qui semble privilégiée par les spécialistes actuels.

Aujourd'hui, Rabelais est considéré comme un monument de la littérature. Il incarne la Renaissance française, au même titre que Montaigne (1533-1592). Mais cette consécration n'est pas nouvelle : de son temps déjà, Rabelais est considéré comme une grande personnalité. De nombreux écrivains, comme François Habert (vers 1508-1562), par exemple, qui publie en 1542 une œuvre intitulée *Le Songe de Pantagruel*, puisent leur matière chez lui. Et, en 1554, c'est-à-dire un an seulement après sa mort, il inspire à Pierre de Ronsard une célèbre épitaphe publiée dans *Le Bocage* : le poète y donne l'image d'un Rabelais ivrogne, goinfre et bouffon, alimentant ainsi une légende qui s'étoffera tout doucement au fil des années.

Si Rabelais est critiqué, au XVIIe siècle, pour la diversité de ton et de style qui caractérise son œuvre et qui ne plaît guère à une époque où l'on recherche l'ordre, l'équilibre et l'unité, il continue cependant à être lu et apprécié par certains auteurs comme Jean de La Fontaine (1621-1660), Molière (1622-1673) ou les poètes burlesques Saint-Amant (1594-1661) et Scarron (1610-1660). Il semble également être « l'instigateur d'une certaine veine romanesque dans les lettres françaises » (CRESCENZO (Richard), *Histoire de la littérature française du xvie siècle, op. cit.*, p. 85). Ainsi, *L'Histoire comique de Francion* (1623) de Charles Sorel (1582-1674), notamment, s'inscrit par certains aspects dans sa lignée.

Au xviiie siècle, les écrivains des Lumières, parmi lesquels on retrouve Voltaire (1694-1778) et Denis Diderot (1713-1784), apprécient l'audace avec laquelle Rabelais exprime ses opinions. Malgré le caractère exubérant de son œuvre, il est généralement perçu comme un personnage éclairé qui lutte contre l'obscurantisme. Puis, au siècle suivant, les romantiques, avec Victor Hugo (1802-1885) à leur tête, le considèrent comme un prophète, un mage, un génie souvent incompris. Rabelais est admiré par Chateaubriand (1768-1848), Sainte-Beuve (1804-1869) et Gustave Flaubert (1821-1880), entre autres, qui apprécient son originalité et sa liberté créative. L'inspiration rabelaisienne se fait également ressentir dans l'écriture des *Cent Contes drolatiques* (1832-1837) de Balzac (1799-1850). Enfin, au xxe siècle, la langue de Louis-Ferdinand Céline (1894-1961) rappelle incontestablement celle du père de *Pantagruel* et de *Gargantua* par son aspect oral, son usage de l'argot et son goût pour l'obscénité.

Mais à côté de l'influence qu'elle exerce sur tous ces auteurs, l'œuvre de Rabelais préfigure aussi, de manière plus générale, le roman de formation (ou roman d'apprentissage). Le cycle des géants nous relate en effet avec optimisme les différentes étapes de la formation de Pantagruel et Gargantua, du berceau jusqu'à l'âge adulte. Le genre du roman de formation se développera ensuite en Allemagne au xviiie siècle (*Bildungsroman*), puis chez les romantiques. Le parcours du néophyte deviendra alors un véritable *topos* de la littérature, comme on l'observe particulière-ment bien dans *Les Années d'apprentissage de Wilhelm Meister* de Johann Wolfgang Von Goethe (1749-1832) ou dans *La Chartreuse de Parme* de Stendhal (1783-1842).

- François Rabelais est un écrivain humaniste de la Renaissance. Ses idées sont condamnées par la Sorbonne, mais il bénéficie du soutien et de la protection du roi François Ier et du cardinal Jean Du Bellay.

- Sa vie, qui est relativement mal connue, fait l'objet de nombreuses légendes. À la fois moine, humaniste, médecin et épicurien, Rabelais est en effet souvent présenté, à tort, comme un ivrogne, un goinfre et un bouffon quelque peu vulgaire.

- Son œuvre majeure est sans conteste le célèbre cycle des géants, qui est composé de cinq romans : *Pantagruel*, *Gargantua*, *Le Tiers Livre*, *Le Quart Livre* et *Le Cinquième Livre*. Ce dernier ouvrage, publié à titre posthume, pose cependant des problèmes d'authenticité.

- L'œuvre rabelaisienne est à la fois comique et sérieuse. L'auteur suscite le rire par son impressionnante invention verbale, par ses nombreux jeux de mots, par son don pour la parodie, par ses plaisanteries gauloises et par le caractère grotesque de certains de ses personnages. Mais parallèlement, il diffuse les idéaux humanistes à propos de l'éducation, de la guerre, du pouvoir royal ou encore des abus de l'Église.

- Toutefois, si le cycle des géants est porteur d'idées nouvelles, il reste cependant imprégné d'un héritage médiéval, puisqu'il puise notamment sa matière dans les chansons de geste, les farces et le folklore du Moyen Âge.

- Enfin, Rabelais a exercé une influence considérable sur les lettres françaises. Du romancier comique Charles Sorel, au XVIIe siècle, à Louis-Ferdinand Céline, au XXe siècle, nombreux sont en effet les écrivains qui ont reconnu leurs dettes à son égard.

SOURCES BIBLIOGRAPHIQUES

- « *Bildungsroman* ou roman de formation », in *Larousse*, consulté le 15/07/2015.
  http://www.larousse.fr/encyclopedie/litterature/Bildungsroman/171682
- CÉARD (Jean), « Présentation du *Tiers Livre* », in *Vox poetica*, consulté le 17/05/2015.
  http://www.vox-poetica.com/sflgc/concours/tx/rabelais.html
- « Charles V ou Charles Quint », in *Larousse*, consulté le 03/05/2015.
  http://www.larousse.fr/encyclopedie/personnage/Charles_V/112815
- CRESCENZO (Richard), *Histoire de la littérature française du XVIe siècle*, Paris, Honoré Champion, 2001.
- DEMERSON (Guy), *Rabelais*, Paris, Fayard, 1991.
- « François Ier », in *Larousse*, consulté le 03/05/2015.
  http://www.larousse.fr/encyclopedie/personnage/Fran%C3%A7ois_I_er/120185
- « François Rabelais », in *Larousse*, consulté le 28/04/2015.
  http://www.larousse.fr/encyclopedie/personnage/François_Rabelais/140121
- GLAUSER (Alfred), *Rabelais créateur*, Paris, Nizet, 1964.
- « Guerres d'Italie », in *Larousse*, consulté le 12/07/2015.
  http://www.larousse.fr/encyclopedie/groupe-homonymes/guerres_d_Italie/125327
- « Humanisme », in *Larousse*, consulté le 03/05/2015.
  http://www.larousse.fr/encyclopedie/divers/humanisme/58956
- LAZARD (Madeleine), *Rabelais.* Pantagruel/Gargantua, Paris, Hachette, 1977.

- Lazard (Madeleine), *Rabelais. L'humaniste*, Paris, Hachette, 1993.
- Rabelais (François), *Gargantua*, Paris, Pocket, 1992.
- Rabelais (François), *Le Cinquième Livre*, Paris, Seuil, 1997.
- Rabelais (François), *Le Quart Livre*, Paris, Gallimard, 1998.
- Rabelais (François), *Le Tiers Livre*, Paris, Armand Colin, 1962.
- Rabelais (François), *Pantagruel*, Paris, Gallimard, 1964.
- Santerre (Jean-Paul), Gargantua *de Rabelais. Leçon littéraire*, Paris, PUF, 2003.
- Screech (Michael), *Rabelais*, Paris, Gallimard, 1992.
- Viegnes (Michel), Pantagruel, Gargantua : *Rabelais*, Paris, Hatier, 1994.
- Zink (Michel), *Littérature française du Moyen Âge*, Paris, PUF, 1992.

SOURCES ICONOGRAPHIQUES

- Doré (Gustave), *L'Enfance de Pantagruel*, illustration du chapitre 4 de *Pantagruel*, Paris, Éditions Garnier Frères, 1873. La photo reproduite est réputée libre de droits.
- Doré (Gustave), *Les Pèlerins mangés en salade*, illustration du chapitre 38 de *Gargantua*, Paris, Éditions Garnier Frères, 1873. La photo reproduite est réputée libre de droits.
- *La Devinière*, maison dans laquelle Rabelais serait né et aurait passé son enfance. Elle est aujourd'hui devenue le musée Rabelais. La photo reproduite est réputée libre de droits.
- Rabelais (François), *Pantagrueline Pronostication*, page de couverture, édition de François Juste, 1533 (image retouchée). La photo reproduite est réputée libre de droits.

SOURCES COMPLÉMENTAIRES

La Très Excellente et Divertissante Histoire de François Rabelais, film réalisé par Hervé Basle, France, 2010.
Musée Rabelais, situé dans la maison de *La Devinière*.
http://www.musee-rabelais.fr/

www.50minutes.com

Éditeur responsable : Lemaitre Publishing
Rue Lemaitre 6 | BE-5000 Namur
info@lemaitre-editions.com

ISBN ebook : 978-2-8062-6344-5
ISBN papier : 978-2-8062-6345-2
Dépôt légal : D/2015/12603/103
Photo de couverture : © *Portrait de François Rabelais* (XVIIe siècle), par un anonyme.

Conception numérique : Primento,
le partenaire numérique des éditeurs